나비가 된 대왕고래

나비가 된 대왕고래
장자통 시집

초판 인쇄 | 2010년 5월 15일
초판 발행 | 2010년 5월 20일

지은이 | 장자통
펴낸이 | 신현운
펴낸곳 | 연인M&B
디자인 | 이희정
기 획 | 여인화
등 록 | 2000년 3월 7일 제2-3037호
주 소 | 143-874 서울특별시 광진구 자양동 680-25호(2층)
전 화 | (02)455-3987 팩스 | (02)3437-5975
홈주소 | www.yeoninmb.co.kr
이메일 | yeonin7@hanmail.net

값 8,000원

ISBN 978-89-6253-057-5 03810

나비가 된 대왕고래

장자통 시집

연인M&B

|自序|

시집 낸다고 하니까,
뒷집 할머니는 시집가냐고 하십니다.
맞습니다. 저는 시집갑니다.
남은 일은 시집살이뿐.
몽둥이 찜질에 멍들 일만 남았습니다.
다행입니다. 가까운 곳으로 시집을 가서
시집을 가든 시집을 내든 혼쭐나는 것은 비슷한데
그래도 아이는 낳지 않을 테니까,
그나마 다행입니다.
머저리 딸을 칠푼에서 팔푼으로 키를 높여
시집 보내주신 일가친척 어른께
깊은 감사의 말씀 올립니다. 열심히 살겠습니다.
그리고 열심히 빚을 갚겠습니다.

2010년 봄
장자통 소지 올립니다

제2부 거제, 다시 바다로

제3부 꽃과 산과 하늘과

제5부 미워하며, 사랑하며

제1부 바람 따라, 인연 따라

나비가 된 대왕고래

바다를 삼킨 대왕고래
뭍에 올라
식인 상어를 토해내고
눈밭에 길게 누웠구나
바다를 갈아엎은 일생

심해를 퍼 올린 잠수함
애벌레 되어 허물을 벗고 있다
나비가 되어 날아갈까
그물에 던져진 큰 웃음
미소로 번져나는 바다의 향기
큰 눈을 또 뜨는구나

입을 탈출한 식인 상어들
육지를 삼키고
바다로 다시 돌아가는구나
바다가 고향인 나비
나비가 된 잠수함
내 꿈은 밤새 또 뒤척이는구나

바다 속의 산맥

산은 걸어 오르는 자에게만
법문을 펴고

바다는 헤엄쳐 건너온 자에게만
수평을 연다

높은 산은 애써 오르지 않아도
다가와 웃어주고

큰 바다는 힘써 건너지 않아도
밀려와 손뼉 치네

너는 항상 산이었다
오르고 싶었던 낮은 언덕

너는 항상 바다였다
건너고 싶었던 작은 개울

올라 무엇하리, 건너 무엇하리
내 안에 숨 쉬는 깊은 바다 속의 산맥

잔설의 꼭지점

해를 피할 수 없어
꼭지점을 옮기네

몸은 녹아도
뜻은 산중에 있네

하늘 가린 죄목으로
눈을 떼낸 형벌

산으로 들로 피난살이
여기서 접고

잔설은 전설이 되어
썩을 년年

바람의 집

나의 집은 옥상이다
더 높은 집은 없다

주객 떠난 빈집
호수 위에 열린 하늘

모자 벗은 하늘
모 없이 둥근 이치

바람 슬쩍 지나고
구름 비켜가는 곳

집 없는 옥상
무량수전

옥상 아래 나의 가족
하늘 아래 첫 동네

등 뒤에 그 뒤에

촛불만 켜면
등 뒤에
누군가 서 있어
돌아보면 없고
다시 돌아보면
그 뒤에
빈잔 들고 서 있는
누구의 그림자인지
물으니
송장 썩는 냄새뿐
촛불만 켜면
그 뒤에 그 뒤에 뒤에
누구실까 빈잔 주인

해탈

꿈을 깬
해골바가지
씨익 웃는다

탈수를 끝낸
속옷가지
맨살을 털었다

살풀이에 목숨 걸던
해골바가지
해탈을 꿈 꼈구나

어금니 털어
노잣돈 건네며
씨익 웃는다

좌불안석 坐佛安席

똥을 꽉! 싸고
틀고 앉아
세상에 없는 경을
암송한다

불을 켜도 웃고
불을 꺼도 웃네
다 끄고 앉아
미소만 낳는다

절에 갔다오요

자네 어디 갔다옹가?
절에 갔다오요

스님은 잘 계시등가?
잘못 계십디다

부처님은 잘 있등가?
아뇨오

스님은 서 있고
부처님은 누워 계십디다

학꽁치

만년을 탐하다
바다에 빠진
학춤

다 씻지 못한 죄
댓줄에 걸린 모가지
길게 빼고 운다

어부의 손에 뜬
달빛을 말려서
솔가지에 걸었다

승복을 다리면서

회색 옷에 잡힌 잔주름
달 표면에 새겨진 계곡 같다
평면을 밀고 당기던 흔적들

마음의 때를,
땟국물 씻어내는 짓
물과 불의 첫 만남이라네
샘물과 혼불 둥근 손잡이

물에 물 탄 듯 불에 불 탄 듯 말고
물 넣고 불 빼고 불 넣고 물 뺀 논구덩

거울 속 낯선 얼굴 문신을 지우며
억만 겹 눈뜰 지문을 새기네

회색 하늘 먼지 쓸어
해를 띄우고
밤바다 일으켜 세워
건너는 배

백팔 계단을 기어올라
바위 속에 핀 연꽃

백팔 계단을 오르면서

무학산 서원계곡
염불 소리와
뽕짝 노랫가락이
새끼 꼬듯 극락과 지옥을 비비 꼰다
올라오라는 소리와
내려오라는 몸짓

어디로 갈까
나그네 발길

오를수록 더욱 멀어만 가고
계곡이 깊어질수록 더욱 깊어만 가네

염불 소리에 놀란
춤꾼 사라진 산길 따라
피어오른 염화미소

자화상

밤새 그렸습니다
거울 속
낯선 얼굴
그리다 지우고
밤새
거울이 다 닳도록
그리고 또 그리고
지우고 또 지우고
가난한 화가가 그린
밑그림
거울이 뻥 뚫렸습니다
초상화가 살아납니다

인시寅時에 일어나

누구의 명령일까
인시에 일어나
풀리지 않는 수수께끼
불면의 밤을 치료한다

불이란 불은 다 켜고
창을 열고 바다를 본다
모든 얽힘이 풀린 시간
다시 실타래를 감는다

물이란 물은 다 켜고
헛물켜고 구정물 버린다
더럽힌 몸짓
정안수에 씻어 말리는 시간

입이란 입은 죄다 끌고와
쇠꼬쟁이에 끼워서
발버둥칠 때까지
고문하고 닥달하는 시간

비우면 죽는다

먼산 구름 비우고
나는 바람 비우고
너는 나를 비우고

둘 다 비우고 나면
남는 건 빈 그림자
밤새 진빚 갚는 꿈

나는 나
너는 너라고
애써 외면한 채

죽어라 비우면
죽기 살기 채워지네
죽여야 비우리

인연

앞서거니 뒤서거니
그림자 숲길을 걷는다
징하게 달라붙네

뗄 수 없는가
굽어지는 길목에 떼어놓고
두 손을 털었다

큰 길 모퉁이를 돌 때
가다 서다 미행하는 이
뒤돌아보니 내 그림자

사형수

죽이자니 총알이 아깝고

살리자니 밥알이 아깝고

답이 없는 화두를 이고 지고

부처님께 여쭈었다

죽이지도 살리지도 말고

알아서 하게 내버려 두거라

내다버린 사형수

무기한 연장된 총알 세례

오십 고개

또, 속았네
사기당했네
해 뜨는 곳인 줄 알고
절을 짓고 향을 사르고
또, 절을 하였네
알고 보니 일몰이었네
아, 스무 고개도 더 넘긴 고비사막
막막한 지평이여
달 뜨는 곳인 줄 알았더라면 일찍
잠들지 말 것을
달 움막집 알았더라면 칼씨름에
멍들지 말 것을
속고만 살아온 증오와 원망의 길
사기만 당해 온 미련한 자멸의 길
달 뜨는 고개 넘으면 다시 만나야 할
여섯 마당 멍석 깔고 짚신 삼아 신고
돌다리 두들기며 단디 건너야 하리
예순 고개 달집 태워 해맞이하리
또 속을 뻔했네 사기당할 뻔했네
천만다행이네 오십나한이었네

사십구재를 지내고

사십구재를 지내고 돌아오는 골목길
자꾸 따라오는 누구 있어 돌아보면 없고
다시 뒤따르는 발 하나 그림자 지우고
대문을 들어서는데 잠깐 부르는 소리 있어
차마 문을 닫을 수 없었네 아가야 며느리야
이보게 같은 나그네 처지에 그러지 마시게나
뒤따라 들어온 남루한 노인 손 씻기고 발 씻겨
차려 올린 술상 마다하고 내 말 좀 들어주게
밖에 기다리는 안내견 좀 따돌려 주게 하신다
어서 바삐 가자며 대문 밖에 부르는 손짓
한마디 눈짓 접고 골목을 빠져나가는 검은 양복
넥타이나 좀 풀고 가시지요 길 가다 목이 타면
냉수라도 벌컥 목축이고 웃고 따라가시지요
웃다 보면 어찌 압니까 쉬었다 가자 할지요
그래,
웃으며 따라가는 길 향을 살라 꽃길을 돋우네
사십구재 지내고 돌아앉은 빈 방에 환한 웃음
그래,
웃다 보면 가는 길 꽃길에 피어나는 향내
다음 주자走者 꽃길 열어 맨발 가볍게 달리시게
마흔아홉 번 웃고 한 번 절하고 사른 남은 향을
마흔아홉 식구의 몫으로 돌리고 가시는 길

업보

외포
선창가 식당 할머니
음식이 짜다
첫날밤 엉엉 울고부터
짜지기 시작한 밥상
울고 짠 첫날밤 너무 아파
가슴 찢긴 상처를 풀어 끓이는
찌개가 짜다
불 꺼진 항구 아래
할배는 배를 타며
고기를 만선으로 잡아 바쳐도
평생 짠 밥상만 받습니다
첫날밤 꼬마 각시 울린 죄를
달게 받습니다
맛있다 참회
짠 밥상 평생 받으며
짠한 정 삭여온 노부부
부처님도 결혼해 사는군요
생불을 모시고 사는 짠 할배

이승과 저승 사이

이른 아침 목욕탕에
첫 문을 열고
탕을 독차지한 벌거숭이

희뿌연 물안개가
이승과 저승 사이에 커튼을 친다
다 보여주면 민망할까 봐
이승 풍경을
살짝 가려준다

이대로 나가면 억울할 거 같아
이승에서 나갈 수 없네
나가면
탕 밖이 저승인 것을

이승과 저승 사이 경계는 없어
안개만이 국적을 세탁해 준다
벌거숭이 경계선에서 거울을 보며
이승의 탈을 한 꺼플씩 벗는다

나한들 벌거벗고 문밖
저승에서 이승으로 문턱을 넘고
저승 수위는 줄어들고 이승이 넘친다

제2부 거제, 다시 바다로

선문답

언제까지 살겠습니까
아직 멀었다
언제부터 풀리겠습니까
아직 때가 아니다
언제 인연이 나타나겠습니까
기다려 봐라
걸어오고 있다
하늘도 모르는 너의 내일을
낸들
어찌 알겠느냐
질문은 과거지향적
대답은 미래지향적
현재진행형 시간 열차는
다음 역을 모른다
내일을 묻는 청춘들이여
해가 떠 봐야 뜨는 줄 안다
어제는 오늘을 모르고
오늘은 내일을 모른다

년年

이년年이 가야
저년年이 옵니다

가는 년年이 죽어야
오는 년年이 삽니다

섣달이 침몰해야
새해를 건집니다

섣달 그믐밤에 파묻을
쳐 죽일 년年

항구

사랑은 끝내 오지 않았다
말만 무성할 뿐

향기는 일 초도 나지 않았다
꽃만 무성할 뿐

배는 결국 닿지 않았다
뱃고동 소리만 요란할 뿐

이별 없는 아침 인사
지독한 사랑 없었으니

썰물

떠나 보낸
빈자리
채워줄 파도

썰물 따라
사라진 지문
빈 잔을 본다

넓어진 바다
드러난 속살이
애처롭구나

내가 만든
그림자
지울 수 없네

영락원 뱃고동 소리

뱃고동 소리 멈춘 항구에 버려진
폐선 한 척 항해일지를 넘겨주고
길게 누워 소금밭을 일군다

뱃전을 부여잡고 한 번만이라도
꼭 한 번만이라도 뱃고동 소리를
들려 달라고 갈매기 떼 울음을 토한다

파도를 가르던 뱃머리에 찢긴 그물
다시는 꿰맬 수 없는 시간
마도로스박 바다를 건너고 있다

폐선이 잠들 뭍에 물고기 대신
불개미 떼 마도로스를 영접하네
소금 한 주먹 쥐고 떠난 길이 안 보인다

먼 바다 파랑주의보

울돌목 패잔병 왜군 병사들
옥포만*을 진격해 온다
시퍼런 멍들이며
해안선을 급습한다
훗날
우리도 이렇게 무찔렀노라
청춘 닻을 내리며
서러운 낙향을 노래하리
못한 첫사랑 애써 지우지 말기
첫 단추 새로 꿰는 옥포만
러브 군단
사랑의 전투는 계속 열린다
전령들이여 닻을 올려라
먼 바다 파랑주의보 배를 부른다

* 옥포만 : 경상남도 거제시 동쪽 해안에 있는 만.

성포의 아침

성포의 아침은 어디서 오느냐
가좌도 선착장에서
끊긴 뱃길 더듬어
헤엄쳐 오네
보라
등대 눈감고 바람에 볼을 맡겨
밤을 회상하는구나
포구의 아침은 갈매기 밥상
해맞이 무대에 오르면
관객 떠난 자리 빗질하는 삼각 파도
교각 아래 던져진 꿈의 잔해를
주워다 등대에 꽂는 아침 햇살
밤새 버려진 약속은 어디로 갔나
어부는 달을 접고 배 떠난 선착장
주인을 기다리는구나

성포로 가는 길

성스런 포구로 가는 길
바람이 길을 나섰네
길을 더듬는 바퀴 헛바닥
정을 태우는 날갯짓
황혼이 침몰한 포구
멱감는 청춘을 저울질하는 노시인
슬픈 전설을 건져 올리는
어부를 만나러 가는 길
나는 모나리자의 시체를 건지러 간다
파도에 휩쓸려간 기억을 더듬어
황혼을 저울질하리라
나는 포구에 침몰한 슬픈 전설

등대가 우는 밤

우우 등대가 운다
파도의 섬김에 목이 메어
등대가 속으로 운다

파도의 고백을 들으며
달 뜨면
푸른 커튼을 치고
하얀 미소를 끌어안는다

초원을 달려온 청춘 열차
청색 치마 벗고
흰 드레스 갈아입고
순결한 미소로 답한다

등대 안에 숨어 사는 울음
이별한 짐승들 우리같다
파도는 등대의 등을 타고 또,
눈물을 삭이는구나

흐르다 보면

흐르다 보면
내도 되고
강도 되고
바다가 되어

더우면
하늘로 올라가
소낙비로
몸 바꿔
가고 싶은 곳 간다

03시의 구경꾼

바다를 건너온
저승사자들
이슬로 목을 축이고
풀잎으로 마술을 걸어온다

창밖을 지키는
십자가를 목에 두르고
방울 고양이 피를 뽑아
골목을 수놓는다

바다를 버리고
등대 눈을 피해
국적을 옮긴
저승의 이탈자

모든 생명은 잠들고
오가는 행렬이 끊긴 시간
새벽 공기는 인기척을 피해
절대 진리를 알려온다

고물상의 이주자들

국적을 분양합니다
과거사 무시하고
성별 구분없이
미래를 덤으로 드립니다
만국기 펄럭이는 선착장
국적 불명의 딱지 떼고
새 주인을 찾습니다
계급장 떼고
이름표 떼고
군복을 벗은
군번 없는 예비군들
무장해제하고
부대 배치를 기다립니다
고물상의 이주자들
다음 행선지는 아무도 모릅니다

옥포항 봄 바다

봄은 호수요
바다는 꽃밭

누가 침을 놓았을까
번지는 처녀 향수

배들은 기어가고
볕을 말리는 선창이
나른하다

누가 풀어놓았을까
숫처녀 가슴

제3부 꽃과 산과 하늘과

매미의 하루

매미로 살고 싶다
단 하루를 살더라도
널 위해 생을 바치리

천년을 하루같이
순간을 영원히
널 위해 울고 싶다

찬란한 슬픔을
황홀한 웃음으로
널 위해 웃고 싶다

매미학교 졸업식장

매미야 우지마라
온 숲이 떠내려간다
숲이 잠들어야
너를 재울 수 있어

가로등 불빛 아래
날개를 접고 누워
잠든 척하며
죽음을 연습하는 밤

잠들지 않으려고
울지 않으려고
온몸을 불살라
숲을 깨우고 있네

단 한 번의 생을
숲에 반납하려고
답사를 읽고 있는
매미학교 졸업식장

노랑나비

노랑나비 한 쌍
나폴나폴 숲속에
신혼여행
노랑 물감 풀어놓은 듯
뚝뚝 떨어져
숲길을 수놓는다
단둘이 처녀비행
부풀어 오르는구나
누가 풀어놓았을까
노랑 물감 뚝뚝
누가 심어놓았나
유채꽃 한 송이

해빙

소쩍새
쩍,
쩍,
얼음을 쫀다

겨우내 묻어둔 설움
쩌억, 쩍
얼음 배를 갈라
불씨를 캔다

낙엽 한 잎
새 되어
둥지 밖 아지랑이를 쫀다

바다 건너간
님 소식 오는구나

봄 처녀

아가씨
동백
이미자

피
난
다

여왕은
수혈 중이다

낙엽

외동딸 출가시키고
벗고 서서
혹독한 매질을 부른다

엄동설한 내내
식음을 전폐하고
바람에 손 비빈다

집 떠난 내 딸
겨우내 긴 잠 푹 삭여
손끝에 사리눈 맺어다오

딸 편지가 왔네
봄날
친정엄마 보러 가요

낙엽이 가는 길

아무도 가르쳐 주지 않는다

헤어지는 법

엄마 손을 놓고 시집가는 길

때가 되면 울며 떼쓰며

서럽게 알게 되는

낙엽이 가는 길

바람이 머리채를 흔들면

정든 집을 버려야 하고

한철 때 묻은 옷 갈아입고

산길 떠나는

저, 짧은 인사

수직으로 떨군 고개

낙엽이 가는 길은

가깝고도 아득하구나

청천벽력

항상
벗고 시작한다
청천벽력
날벼락
집 나간 개가
절구를 찧는다
쩍쩍 갈라진 입
흰옷 입은 여인
비명
자정을 찌른다
죽이고 살리고
도끼날에 달렸다
도끼날을 입에 물고
황소가 담을 넘는다

바퀴벌레

시멘트 바닥에 버려진
폐선을
개미들이 원을 그리며
모래 무덤을 쌓고 있다
봉분을 만들고
제단을 놓는다

성묘객들 산등성이에
개미처럼 웅성거린다
버려진 나의 폐선들
애써 외면한 투구
삼 년째
수리를 기다리고 있다

우牛시장
—영화 '워낭소리'를 보고

장이 섰다

끌려가기 전에 먼저 끌고 간다

알고 눈물을 흘린다

세월에 밀리고 흥정에 밀린

고물 소

갈 곳은 외양간 무덤

고삐 풀고 흙 이불 덮고 가는 길

좋은 데 가는 고물 소

고물고물 옷을 벗네

눈물 다 태우고

불 한 줌 마저 살라 날아가네

워낭소리 날아가네

고물 하나 안고 하늘을 걸어간다

꽃상여 타고
—영화 '워낭소리'를 보고

라디오도 고물

영감님도 고물

고물 소

땔감 많이 해 놓고

가는 소

좋은 데 가거래이

소 무덤 우에 함박눈이 나린다

간다

영감님도 가고 라디오도 가고

다 간다

소지 한 장 살라 하늘을 만들어

날아간다

산에 가면

나무들

벗을 옷도 없는데

나는

입은 옷 벗지 못하네

평생 옷 한 벌

구경 못하고

숨어 사는

숲의 성자들

백로와 추분 사이

세상의 모든 공존을 허락하는
구간이 있다
비무장지대
절벽과 수평이 공존하는
총알이 유효사거리를 기억 못하게
진공포장 구간
뜨거웠던 숨결 잠시 쉬고
무기를 버려야
다음 생을 구할 수 있으니
히말라야 크레바스는
말을 아낀다
옳다 그르다가 없는
다양한 옷차림이 통하는
거리의 무법이 마술을 걸었다
백로와 추분 사이
너와 나의 비무장지대

이슬

풀을 마시고 살다

풀 떨어지면

풀 구하러

풀뿌리 품으러 간다

풀하고 사는 풀 눈

이슬은 두 번 눈뜬다

죽음보다 깊은 절정

뻐꾹새 온몸을 비틀었다
우는 건지 웃는 건지
아직도 부검 중이다
알고 보니
좋아 죽었다

약쑥

쑤욱
들어간 쑥

쑤욱
나온다

쑥스럽다

그림자

내 뒤에

누구 있어

획! 돌아보면

내 흉내

내는 놈

나를 지우면

따라 죽을 놈

도반

내가 좋은가 봐

억새풀

빌고 빌었다
갈대에 물들지 말라고
흔들리지 말라고
밤새 뜬눈으로
강물은 흐르고 흘러
산 그림자 지워도
스치는 바람결에
잎새 흔들릴까
뒤척이는 밤
눕지 않으리

무릉도원

바람은
오라 가라 말이 없네
한 점
의욕도 남김없이
싹
쓸어가버린
계곡 한켠
물소리뿐
난,
여기가 좋아

구름은
하라 마라 말이 없네
한 점
질문도 없이
확
걷어가버린
산자락 한켠
새소리뿐
난,
여기가 좋아

소나기

소도

울 때가 있다

벼락 맞고

수직으로

쓰러져

눈물만

주루룩

산이 꾸짖다

오랜만에 산에 오르면
나무랄 데 없는 나무들
줄지어 침묵하며
고요를 더하고
언덕을 높여 발목을 잡고
꾸짖는 정중한 인사
회초리를 들고 말없이
다스리는 훈장 할아버지
돌아오는 길
발자국마다 거울을 선사하네

너도밤나무

눈을 떴다
나도밤나무
밤꽃을 피웠다
길을 냈다
너도밤나무로 가는 길
밤길을 열었다
밤새
숲을 뒤척이는 꿈짓
뒤로 밀쳐내고
밤나무끼리 다리를 놓아
눈길을 주고받으며
어둠을 주고 빛을 받고
빛을 반납하고 퇴직하는 도서관
열람실에 너도 나도 밤나무를
자처하며 꽃을 피웠다
바위 속에 길을 내 전설을 만들고
어둠을 괴롭히는 빛의 도박을
이끄는 밤꽃향기 눈을 떴다

제4부 우리 동네, 꽃동네

환생

내 죽으면 개로 태어나리라
아예, 짖지 아니하고
먹지 아니하고
잡혀가지 않는 개
연필 똥만 먹고 사는
개로 태어나리라
백지의 꿈을 이루기 위해
아는 것을 줄이고
두 줄을 한 줄로
한 줄을 지팡이 삼아
더듬더듬
백지의 꽃을 지키는 충견
개로 태어나리라
이름 없는 개
지우개

지우개

밤하늘에
던진 낙서
해 뜨면
지워지겠지
부끄러운 뒤태
지워주리라
해가 뜨길 바랬다
지우개로
지울 수 없는
어젯밤 그림일기
소낙비 오면
지워질라나
비 오길 바랬다
지우개는 지우개를
지울 수 없네

팔자

고쳐 달라는 사람
만들어 달라는 사람
누가 파놓은 무덤인지
너무 깊어
나올 수 없네

없는 팔자에 묻혀
못 박혀 사는 사람들
팔자도 모르면서
신주 모시듯
제 그림자 모시고 산다

팔자는 없다
고쳐 봐야 헌옷
벗으면 그만

김밥 한 줄

한 줄의 명언을 남기고 싶었다
목이 터지도록 외치고 싶었다
그리고,
검정 매직으로 밑줄을 그어
숙제를 내주었다
마지막 부탁 한마디
널 먹여주었으니
날 재워주오
긴 밤 아니라도 좋으니
팔베게만이라도
김은 밥을 만나 출세를 서두르고
밥은 김을 불러 한 곡 뽑습니다
오막살이 칙칙폭폭
잘가라
시베리아 횡단열차여
김밥 한 줄이 역사를 바꿉니다

고려청자를 닮은 여인

흰 구름 바다에 빠져
하늘로 올라간 여인
시월 보름 비취색 치마저고리
곱게 빚어 입고 내려오신
하늘 공주님 토담집을 지었다
어이신 일이 옵니까
희지도 푸르지도 않게 비취색 물감
온몸에 바르시고 이 가을을 선물
하시려 사뿐히 내려오신 뜻
바다를 건져 올려 하늘로 걸러
이 땅에 빚은 고려의 얼이시여
천년 바다 만년 하늘 주인이시여
고려청자를 닮은 여인
시월 보름 천제단에 오를 푸른 넋이여

고무줄놀이

당기면 오므라들고
놓으면 늘어나는
너와 나의 거리
유효사거리 없는
낯선 동행
어디까지 당겨야 할지
어디까지 놓아야 할지
외줄 타기 마술 사랑
심장 터지는 고무줄놀이

초야初夜

빗방울이

바위를 뚫는다

아프다

저, 어린것이

그토록

밤새 문을 두드렸구나

미안하다

잠에 속아 몰랐네

뚝, 떨어져

눈물 훔치며

웃는 초야

웃고 있는 사람들

신문 잡지에 넘쳐나는 웃음꽃
시들 줄 몰라
쟤들은 뭐가 그리 좋아 웃음 접을 줄 몰라
바보들 아냐?
그 옆에 피눈물 흐르는 강 있거늘
그 옆에 굶어 죽는 귀신 살거늘
웃음이 쉽게 나오는지
꽃은 아는지 몰라 그 옆집에 사는 눈물꽃
웃음은 사기다
애써 밝히지 않아도 향기는 꽃을 부르고
꽃은 나비를 모아 꽃밭에 노니거늘
검은 마스크에 부착된 스티커 한 장
꽃밭을 도둑질하고 있구나
치즈 김치 다음에 잘 팔리는 꽃 이름
저승꽃 씨받이 나무 영혼 뜯어먹네
웃고 있는 사람들
하루아침 불쏘시개 구들장 화신
웃음꽃 따라 마스크에 붙인 하루해

우리 지금 사랑하지 않으면

뜬구름 같은 사람 마음
이 산 저 산 걸터앉아
산허리만 감았다 풀었다

갈대숲 바람 같은 사람 마음
이 골 저 골 누비다가
바위틈만 기웃거린다

내일 보자고
다음에 꼭 한잔 하자고
미루는 약속은 뜬구름 말
다시는 못 올 갈대숲 바람

모두 허사다
눈에서 멀어지면 마음 떠나네
우리 지금 사랑하지 않으면
언제 또다시 만나리

후회

뒤돌아보면
눈밭에 찍힌
어지러운 발자국

갈지갈지 하며
지그재그 늘어놓은
거꾸로 찍힌
발도장

지우고
다시 찍을 수 없을까
가지런히
드문드문 찍을 걸

너무 자주 찍은
의미 없는 부호들
느낌표
쉼표
마침표

수로에 빠진 달 고무신

수로에 빠진 달을 건지려 함인가
억새숲을 지나는 바람이 허허
어부인지 사공인지 중늙은이 졸고 있다

가만히 숨죽인 억새숲에 풀벌레만
초가을 들녘의 초야를 읊으며
떠나간 여름을 애송한다

초승달의 고독을 누구에게 전할까
눈에 담아두고 가슴에 깊게 심어
잊혀진 계절 강나루에 띄울까

개꿈

전날 밤 보신탕집에 다녀와
오줌을 누는데
개 냄새가 난다
다시 누는데
개 울음소리가 난다
개집을 나오면 짖지 않을 줄 알았는데
아니구나 내 안에 살아 있었구나
죽은 개를 달랠 수 있는 유일한 길은
함부로 짖지 않고
맛있는 말로 개꽃 피워주는 일
간밤에 개꿈을 꾸었다
개 맞듯이 맞는 몽둥이찜질
화장실 가기가 두려워 옷에다 쌌다
어휴, 이런 개 냄새, 온통 개판이네

202호 병실

202호 병실 벽에 걸린 박제된 수건
모자이크 처리된 채 거울을 뜯어먹고 있다
백팔 번의 눈들이 훑고 지나간 운동장을
백 바퀴 돌아 제자리에 주저앉은 주자
창밖에 기웃거리는 까마귀의 파열음도 멈췄다
밤바다를 헤엄쳐 온 똑딱선 한 척
항구에 정박한다
담벼락 쥐구멍 속으로 살모사 꼬리를 감춘다
꼬리에 묻은 생리혈을 닦아주는 벽걸이 수건
병실을 장식한 바위이끼 창문을 열었다
뛰어내릴까 말까 뛰어들까 말까
주인과 나그네 실랑이 끝에 서성이는 촛불
삼지창을 천정에 꽂고 우물을 판다

청송 제2교도소

거기 들어가

딱!

백 년 만 살았으면

백 겹 업장

벗길 수만 있다면

화장장

나쁜 사람
평생을 먹여주고
입혀주고
재워주고
호강시켜 준다 해 놓고
여기까지 끌고 와
태워
없애려 하다니
거짓말쟁이
불구덩이 입

도살장 가는 길

황소를 모시는 용달차
꽃상여는 달려가도
소걸음 멈춰 섰구나

어디로 가는지 알고도
모른 척 눈만 껌벅
일기장만 챙긴다

밖으로 끌고 가는 육신을
바래다 주고
점 하나만 붙들고 있다

목을 부르는 단두대
형장의 이슬을 마시며
멍에를 벗는 늙은이의 면벽

화장지 좀 주세요

바다로 가는 기차를 탔는데
차표가 없어
얼마나 가고 싶었으면
얼마나 친하면 여과없이 이런
부탁을 할 수 있을까
그래 우리는 한 줄기야
빛의 한 줄기
어둠의 한 줄기
화장장에 함께 들어가 서로 등짝에
모닥불 피워주고 토닥거려 주는 핏줄기
황톳물 들인 옷 위아래 나눠 입은
짝꿍
흰 고무신 짝짝이 나눠 신고
앞뒤 서로 질질 끌고가는 기차
화장지 좀 주세요

쌀벌레가 생겼다

쌀 안에 토굴을 파고 집을 허물었다
속살은 파서 달 먹이를 주고
뼈대만 붙들고
우주를 리모델링하고 있다
평생 파먹고 묻혀 죽을 집 한 채 마련 못한
밑바닥이 얼마나 많은가 이 땅에
한 평 묻힐 곳 구하지 못하고
펑펑
물을 뿜어대는 어부
뻘 밭에 지도를 그린다
안으로 지층을 늘리는 쌀벌레
새쌀 날 때까지 만이라도
우주를 갉아먹으며
문 걸고 들어앉아 제집 지켜내는 천석꾼

제5부 미워하며, 사랑하며

초승달 가족사

제 살을 찢어
바다에 뿌려 낳은
섬

별지기 초승달 엄마
섬과 섬을 잇는
다리

연줄이었구나
유성의 긴 꼬리
너의 눈길

밤바다를 기르는 모정
엄마의 눈 안에
따뜻한 별아

맛있는 어머니

어머니는 팔순 이후로
나물을 무칠 때
양념을 안 쓰신다
손맛이라며
할머니 제사상에 올리는
나물을 무칠 때
머리를 안 쓰신다
무맛이라며
할머니 하늘에서 걸어 내려와
장독대 위에 물 받아가신다
무맛 정안수로 씻은 나물을
빈 하늘로 무치신다
이 세상에 없는 어머니의 어머니
손,
맛있다
잠 못 이루는 백야청청 무맛을 보며
어머니 손으로 보름달을 무친다
이 세상에 없는 보름달이
울타리에 걸렸다
하늘과 땅만 쓰시는 손이 희다
어머니 손끝에 걸린 보름달이 희다

아내에게 1

눈물꽃 물컹 맺힌 손등
눈 아래 문신처럼 새겨진 주근깨
이런 아내를 보면 늘 미안하다
알다 모를 죄책감과 짠함

층층이 쌓아둔 밀린 대화
평생 화두로
하루하루 숙제로 꽉 찬
일기장

선생님 숙제검사해 주세요
회초리가 그립다
실컷 야단맞고
반성문 백 장 쓰고 싶다

잘해 줘도 시큰둥한 표정
서운해도 담담한 눈빛
모든 욕심 떨군
대웅전 뒤뜰 잡초 같은 아내

탈수를 끝낸 구겨진 속옷가지
심산유곡에 둥둥 떠 있는 낙엽 같다
자정 지난 티비 소리만이
아내의 눈물 잠재우는 유일한 벗

여자의 미소는 눈물꽃이다

아내에게 2

아내여
세상의 모든 아내여
내 말 좀 들어주시게
그대에게 진 빚이 많아
지금 울고 있다오
시집와 빈손인 나에게
떡두꺼비 개구리참외
낳아준 색시여
당신은
하늘이 내려준 참 농사꾼
뿌린 씨 가꾸고 가꾸어서
입가에 미소를 그려준 반달곰
말없이 아궁이를 지켜준
부지깽이여
지금 나는 울고 있나니
나의 개똥 참회를 받아주오
올챙이 시절로 돌아가고 싶소
아내여 세상의 횃불이여

아버지와 딸

때가 되면 다 떠나가는 것인데
이별도 부르면 뛰어오는 것인데
죽어도 떠나지 않는 몸짓 하나
지은이를 따라 끝 모를 곳까지
좋다고 따라나서는데
이걸 뗄 방법을 몰라
줄래줄래 달고 다니는 꼬리표
빨랫줄에 널린 속옷 엉덩이에 찍힌
집게 이빨자국을 지워낸
맨살이 늘어지게 잔다
때가 되면 다 떠나는 것인데
사랑도 식으면 사라지는 것인데
죽어도 떠나지 않는 눈짓 하나
지어준 이름 따라 끝 모를 곳까지
못 잊어 따라다니는 이름표
몸은 짓을 지울 수 없는데
짓은 몸을 잊어버렸는데
햇병아리 무리를 떠나 모이를 찾고 있다
부리 끝에 쪼아댄 흔적 좁쌀 하나가
부리나케 발을 따라 움직인다

그리움

비워도 비워도 온달
채워도 채워도 반달
섣달 그믐밤

끝없는 행진곡
뚜벅뚜벅
발도장 찍는 소리

어디쯤 오고 계실까
알 수 없는
님 마중 길

어디쯤 오고 계실까
들리지 않는
님의 발자국

이런 사랑

사랑은 하동포구 갈대밭
허리춤에 맹물 짠물 꿰차고
바람에 말린 햇볕 한줌
후, 하고 불면
앞산 노을 기러기 저녁 밥상에
차려 올린 밑반찬 같은 것

사랑은 목련꽃 지기 사흘 전
가지 끝에 목을 매 서두른
흰 날갯짓 같은 것

처음 손잡아 준 그 모습으로 떠나라
깨지기 사흘 전에 미리 떠나라
달빛 보자기에 별들의 밀어만
감싸 안고 총총 사라지는
안개꽃 같은 사랑

내게도 그런 사랑이 오실까
하동포구 갈대밭 살바람 같은

태양을 향해 노를 저어라

밤새 억겁을 달려온
적토마
끝없는 대지를 달리고 싶다

밤새 지구를 굴려온
말똥구리
산을 옮겨 바다를 메우리

밤새 대양을 헤엄쳐 온
해적선
보물을 풀어 빈집을 채우리

밤새 불사막 적도를 삼킨
용광로
영혼을 녹여 다리를 놓으리

홍시

까치가 홍시만 좋아하는 이유를
이제야 알겠네
유혹하지 않는 암컷과는 그짓을
안 한다는구만
홍등 1호점 까치밥은 불야성이다

까치도 빨강 물감만 쓰는구나

까치야 너무 밝히지마
밤눈 어두운
까마귀 생각도 좀 하셔야지
불 끄면 어두워

벌건 대낮에 간도 크시지
그걸 몰래 따먹다니

알고 보니 까치 소행이로구만
요놈, 고얀놈
뒷집 영감님 꼴났네
까치 보고 엉큼하다며
피도 안 마른 그놈을 삿대질
참 야하다

마을 아랫마을 아낙들 발칵
도대체 고놈이 누구여어
칵칵 웃어넘기는 까치 어깨 너머
벌겋게 달아오른 홍시
꼬리를 감춘다
가지끝 낮달이 희다
밤새 너무 밝히셨구만

홍시
동짓밤에 터지는 웃음보
빨강 물감 홍색시
색시色詩하구만

교외敎外로 나가는 하느님

나는 교외敎外 간다
일요일마다 교외로 가는 나
손발이 나간다
눈이 나간다
하느님도 따라 나간다
교외는 안과 밖이 없는 놀이터다
하늘을 올라간 바다가 내려와
펼쳐준 시린 눈을 교외는 되돌려 준다
나는 교외로 나간다
손발을 데리고 눈을 데리고 나가신다
하느님 없는 교외는 늘 어린이로 붐빈다
일요일이 나가서 안 들어오는 초저녁
아파트에 하나 둘씩 점등을 알려주는
교외의 불빛이 하느님을 부른다
하느님도 교외로 나가는 일요일
도시의 모든 교외가 걸어 들어온다
집밖에 배회하던 발들이 기어 들어오는 저녁
교외는 현관에 걸려
다음 교외를 기다린다
일요일마다 교외로 출근하시는 하느님

사랑초

낮이면 햇빛 잎새에 담아
사랑을 키우고
해지면 입 다물고 쉬쉬
순결을 지키네

누가 사랑초라 했던가
사랑은 저렇게 하라고
벌린 입 천하지 않게
다문 입 야하지 않게

꽃들은 안다
세상에 넘치는 사랑을
꽃들은 말한다
그것은 사랑이 아니라고

밤낮으로 입 벌린 사랑초는
꽃밭에서 쫓겨난다

사랑초 누구한테 시집
가나했더니
어린 벌들 꽃잎 새로
숨바꼭질하네

촛불 끄고

등대가 아니기에
먼 바다를 비출 수 없어
미안하고 또, 미안하여
촛불을 끕니다

내 코앞을 비추니
석 자 내 집 그림자가
뒷집 뜰을 가려
미안하고 또, 미안하여
촛불을 끕니다

이 촛불이 촛불이 아니라
그을음만
삼천대천 하늘을 흐려

촛불 끄고 타던 자리를 보니
그래도 불씨는 남아 있고
마른 장작은 안 보입니다

그 사람 죽었다

숲을 떠난 나무들이 걸어 다닌다
숲에서 배운 동작을
거리에 심으며
으쌰으쌰 팔굽혀펴기를 한다
숲이 나무를 부를 때
거리는 나무들을 붙들어 맨다
팔굽혀펴기에 신이 난 목공들
가구점을 차린다
불티나는 나이테가 숲을 부른다
이리와
어서 와서 대패 삼겹살 맛 좀 보렴
숲이 걸어나와 쓰러진 자리
나무들 걸음을 멈추고
묵념을 올린다
거리를 지배한 목공의 톱질 소리
대패질 소리 망치질 소리 사라지고
숲이 가지고 온 보따리가 풀린다
여기가 숲이야
말문 열린 숲을 향해
나무 한 그루가 외친다
그 사람 죽었다
톱날에 빨간 딱지가 붙는다

태양의 수업시간

첫 수업시간 종이 울린다
바다에서 올라온 산은
다시 바다로 가고
밤새 퍼 올린 바다는
하늘로 올라가
책을 펴고
공부를 한다
노트에 빽빽이 적힌 암호를
풀어내는 푸른 눈이 차다
아침 태양은 정오를 향해 질주하고
그늘진 언덕이 길을 비킨다
산과 바다의 하늘 교실에 전교생이
꽉 들어찬 태양의 첫 수업시간
입실을 알리는 종소리가
푸르게 빛나는 교정에
교복 입은 소녀들이 뜀박질한다
이름표에 선명한 세 글자
〈푸른 꽃〉이라고 적혀 있다
태양의 눈동자로 퍼 올린 바다

불교적 우주와 히말라야 시간들

신상성
(문학평론가 · 서울문화예술대학 전총장직대)

1. 장자통의 거제와 거제 바다

장자통張子通은 거제와 거제 바다를 가슴에 안고 산다. 거제의 수평선을 넘나들며 고뇌한다. 시공을 초월하는 조망이다. 그의 눈은 수평선 위의 하늘을 날아다니거나, 그 아래의 바다 속을 헤엄쳐 다니기도 한다. 또는 아예 멀리 히말라야 산맥을 넘어 이승과 저승 사이를 오가기도 한다. 이번 그의 첫 시집『나비가 된 대왕고래』전체를 관통하는 주제는 '불교적 우주와 히말라야 시간들' 이다. 그의 이름과 같이 '장자를 따라 세상과 통通하려고' 노력하는 것이다.

그에게 있어 그 가난한 목숨은 오로지 시의 빛줄기 '시어詩語' 낱말 하나에 천착되어 죽기도 하고 살기도 한다. 치열한 시혼詩魂이다. 거제를 거쳐 남해 해금강을 가슴에 품고 율려律呂의 혼불을 치켜들고 있다. 구례에서 태어나서 지리산 토굴을 거쳐 거의 50평생을 거제와 마산을 오가며 세상과 우주 그리고 희망과 절망을 프리즘으로 투사投射해 오고 있다. 지금도 새벽 3시면 어김 없이 일어나 참선을 한다. 세상과 통정하는 것이다.

『나비가 된 대왕고래』에는 전체 다섯 가지의 유형적 시각을 가지고 있다. 그가 바라보는 세상의 다섯 가지 시각이기도 하다. 1. 바람 따라, 인연 따라 2. 거제, 다시 바다로 3. 꽃과 산과 하늘과 4. 우리 동네, 꽃동네 5. 미워하며, 사랑하며 등 우주의 사물과 사실에 대한 지극한 천착이다. 그는 대체로 거제를 넘나들며 남해 해금강에 이르러 그의 온전한 '시정신'에 목숨을 걸고 있다.

그의 시에 있어서 중핵적 주제는 불교와 우주이다. 철저하게 초월적인 정신 속에 있으면서, 철저하게 세속적인 육체에도 속해 있다. 즉 어긋난 정신과 육체적 삶이다. 여기에 그의 깊은 고뇌와 갈등의 앙금이 깔려 있는 것이다. 그의 존재론적 화두는 역시 '부처'(佛)이며 해탈이다. 그러나 그의 몸짓은 늘 낙천적이며 유머가 풍부하다. 어떤 어려움이든 탱크 같이 헤쳐나갈 수 있는 용기와 의지를 가지고 있다.

개인적인 운명과 행불행은 바로 그 개인의 성격에서 시작되고 끝나는 것이다. '성격이 운명이다'라는 공자의 말을 새삼 그의 눈썹 끝에서 발견해 본다. 그의 이번 시집에서 이런 지극한 냄새를 찾아볼 수 있다. 그와 오랜 대화를 해 보면 지리산 천왕봉 같은 꼰데미 언어나 어떤 경지에 올라선 초월성을 감지하게 된다. 그러면서도 아주 서민적이고 편안하다. 폭풍우가 한번 지나간 후의 고요함이다.

첫째, '바람 따라, 인연 따라'에서는 화엄 세계를 거슬러 올라가면서 사바 세계의 세속적인 갈등을 보여준다. '관세음보살觀

世音菩薩’ 은 세상의 ‘소리를 보는’ 보살신이다. 세상의 온갖 원한과 원망의 소리를 듣는 것이 아니라 보고 있는 것이다. 소리를 듣는 것이 아니라, ‘본다’ 는 의미는 히말라야를 단숨에 넘는 유장한 뜻을 가지고 있다. 우리가 깊은 산속에서 새의 울음소리를 듣는 게 아니라, 마음속 깊은 울림으로 보고 있노라면 평면적이 아닌 우주적 세상의 속살을 보게 된다.

둘째, ‘거제, 다시 바다로’ 는 장자통의 바다다. 거제는 그가 숨 쉬는 이승의 의미이자 존재론의 바다이다. 〈나비가 된 대왕고래〉, 〈바다 속의 산맥〉 등 절창을 소리 지를 수 있는 시정신의 샘터이다. 거제가 아니었다면, 시인으로서의 장자통도 없었을 것이다. 20여 년간 그는 거제를 끌어안고, 거제에 배신당하며, 거제를 증오하면서 사랑할 수밖에 없는 이승의 희망이자 절망이며 저승의 끈이다. 그리하여 거제를 통해 히말라야 산맥도 넘고, 우주도 넘고 시공을 초월할 수도 있다.

셋째, ‘꽃과 산과 하늘과’ 에선 대자연의 심층을 관조한다. 자연과 생태와 생명을 찾아나서는 것이다. 풀 한 포기, 돌멩이 하나에 이르기까지 장 시인은 생사의 지극한 인연의 끈을 들여다본다. 길가에 버려진 하찮은 돌멩이인 것 같지만, 바로 그 자리에 있을 수밖에 없었던 어떤 운명 같은 것을 들여다보는 것이다. 이러한 불교 철학적 가치관은 그의 시 전체에 일관하는 ‘율려’ 의 세상이며 빛줄기이다.

넷째, ‘우리 동네, 꽃동네’ 에선 풍자적으로 그리고 다섯째 ‘미워하며, 사랑하며’ 에선 가족과 이웃들 사이에서 어쩔 수 없이 세속적인 희로애락에 묻혀 살아갈 수밖에 없다. 〈아내에게〉, 〈맛있는 어머니〉 등에 대한 속죄와 용서는 이승에서 어쩔 수 없이 저지른 고통이다. 그것은 또한 고뇌의 바다 속에서 수평선을 타는 그만의 청정한 목탁 소리이기도 하고 울음이기도 하다. 그는 세상을 초월해 살지만 때로 지극히 세속적이기도 하다. 그 자신 환속還俗 스님으로서 그의 삶은 치열하다.

그렇게 정반대의 세월과 갈등과 고뇌는 그냥 세속적이지도 않고, 그냥 우주적이지도 않다. 어쩌면 그 둘을 다 가지고 있으면서도, 둘 다 아니기도 하다. 새벽 3시면 일어나 목욕재계를 하고 참선 정진을 한다. 그것도 마음에 차지 않으면 한밤중 거제 앞바다로 뛰어나가 바위 끝에서 온몸을 위험하게 몸부림친다. 한 마리 짐승같이 포효하는 것이다. 그러다 떨어지면 간단하게 고래밥이 될 것이다.

'관세음보살'은 고오타마 싯달타와 같이 신神이 충분히 될 수 있었으나 스스로 신이 되지 않았다. 뒤에 두고 온 중생이 너무 불쌍했던 것이다. 그렇다고 인간이 된 것도 아니다. 세속적 인간은 너무나 추악하다. 그래서 그냥 중간자 입장에 엉성한 자세로서 있는 것이다. 신도 아니고 인간도 아닌 반 자세! 몸은 하늘의 신에게로 향해 있고, 얼굴은 땅 아래로 고개를 돌려 반 자세 형상으로 서 있는 것이다. 장자통의 시정신은 바로 여기 관세음보살에 있다.

자신만을 위해 지리산 토굴로 들어가자니 뒤에 있는 가족과 세상 사람들이 불쌍하고, 그렇다고 전혀 세속에 묻혀 지내자니 진정한 삶은 이게 아니다. 산속이기도 하고, 세속이기도 하다. 관세음보살과 같은 엉거주춤한 자세로 살아가고 있다. 그의 가슴 저 밑바닥에는 뜨거운 인간성이 들끓기 때문이다. 그렇다고 그냥 엉성한 자세로만 생을 끝낼 것이냐? 하는 화두에 그 시정신의 꼰데미가 있는 것이다. 그는 오늘도 '허무의 뼈'를 발라내기 위해 그의 존재론적 여행을 계속하고 있는 것이다.

2. 좌불座佛이냐, 좌선坐禪이냐

바다를 삼킨 대왕고래
뭍에 올라
식인 상어를 토해내고
눈밭에 길게 누웠구나
바다를 갈아엎은 일생

심해를 퍼 올린 잠수함
애벌레 되어 허물을 벗고 있다
나비가 되어 날아갈까
그물에 던져진 큰 웃음
미소로 번져나는 바다의 향기
큰 눈을 또 뜨는구나

입을 탈출한 식인 상어들
육지를 삼키고
바다로 다시 돌아가는구나
바다가 고향인 나비
나비가 된 잠수함
내 꿈은 밤새 또 뒤척이는구나
―〈나비가 된 대왕고래〉 전문

나비가 대왕고래이고, 대왕고래가 나비이다. 한순간의 생각이 몇 억겁을 결정하는 것이다. 삶이 죽음이고 죽음이 삶이다. 살아 있다는 것은 죽어가는 것이고, 죽었다는 것은 또 살아날 수 있는 환생還生의 전제가 된다. 이승이 저승이고, 저승이 이승이다. 우주의 모든 생물체는 끊임없이 윤회輪廻하는 것이다. 심지어 무생물도 윤회한다. 우주의 에너지인 기氣가 모이면 생명체가 되고, 흩어지면 하나의 공기가 되는 것이다. 무생물도 된다.

바다의 왕인 고래, 고래 중에서도 왕 중 왕인 대왕고래는 우주의 바다를 휘어잡는다. 인간도 무서워하는 식인 상어도 잡아먹고, 잠수함도 삼킨다. 마음만 먹으면 바다도 갈아엎을 수 있다. 그래서 어쨌다는 거냐? 대왕고래가 태평양의 해일을 일으키고, 우주의 바다를 지배한다고 해서 그래서 그게 전부라면 어쩌겠다는 것인가. 뒤집어 놓고 보면 그것은 한 마리 힘 없는 나비에 불과한 것이다. 대왕고래이든, 잠수함이든, 나비이든 우주에 나열되어 있는 하나의 개체, 하나의 낱말에 불과한 것일 뿐이다.

장자통의 눈에는 또한 대왕고래가 나비도 되고, 식인 상어도 되고, 잠수함도 된다. 그 잠수함은 '육지도 삼키고 다시 본래의 바다로 돌아가는 것이다' 우주의 질서로 회귀하는 것이다. 인간은 한순간에 온갖 탐욕에 눈멀어 있다가 임종에 이르러서야 회한의 무릎을 치는 것이다. 그러나 그걸로 끝이다. 죽고 나면 그냥 끝이다. 어쩔 것인가? 더러는 탐욕 끝의 인과응보因果應報를 깨달아 쉬엄쉬엄 적선積善을 놓치지 않기도 한다.

그래서 장 시인은 '그물에 던져진 큰 웃음/미소로 번져나는 바다의 향기'로 그냥 선하고, 편하게 살아가기를 희망한다. 본래의 사물과 사실로 돌아가 제자리에 착석함으로써 우주의 질서로 회귀하는 것이다. 그러나 다시 고뇌한다. '내 꿈은 밤새 또 뒤척이는구나' 세상은 개인의 힘만으로는 바뀌어지지 않는다. 더구나 자기자신의 일조차 해결하지 못하고 애증을 반복하고 있는 것이 아닌가. 그에게 법과 법문은 지금 이 순간 새벽 3시의 참선에서도 반복되는 존재론적 화두이다. 그러한 치열한 시정신은 다음 〈바다 속의 산맥〉에서도 피 터지게 자학하고 있다.

산은 걸어 오르는 자에게만
법문을 펴고

바다는 헤엄쳐 건너온 자에게만
수평을 연다

높은 산은 애써 오르지 않아도
다가와 웃어주고

큰 바다는 힘써 건너지 않아도
밀려와 손뼉 치네

너는 항상 산이었다
오르고 싶었던 낮은 언덕

너는 항상 바다였다
건너고 싶었던 작은 개울

올라 무엇하리, 건너 무엇하리
내 안에 숨 쉬는 깊은 바다 속의 산맥
　─〈바다 속의 산맥〉 전문

산과 바다, 오르고 건너고, 시시포스(Sisyphos) 신화와 같이 끊임없이 인간은 고뇌하고 고통스러운 일을 반복해야 한다. 그러다가 까뮈의 영원한 이방인으로 또는 키에르케고르의 '죽음에 이르는 병'으로 끝난다. 아무것도 없다. 그래서 그는 마지막에 두견새 같이 절규한다. '올라 무엇하리, 건너 무엇하리/내 안에 숨 쉬는 깊은 바다 속의 산맥' 내 고뇌 속의 깊은 바다는 지금 이

순간도 가슴 벽을 식인 상어 날카로운 이빨로 긁어대고 있으며, 나는 또 거제 바다 끝, 낭떠러지 끝에서 뒹굴어야 할지도 모른다고 소리치고 있는 것이다.

그러나 떨어져 죽지 않았다면 어쩔 수 없이 다시 골방으로 돌아와야 한다. 그리고 다시 하루의 일상을 아무렇지도 않은 듯이 시작해야 한다. '법구경' (광연품) 구절을 다시 눈 비비고 읽어야 한다. '멀리 있어도 높은 산의 눈처럼/도를 가까이 하면 도가 나타나고/가까이 있어도 밤에 쏜 화살처럼/도를 멀리하면 도가 나타나지 않나니…'

마조선사馬祖禪師의 '좌불이냐 좌선이냐' 가 그의 영원한 시적 화두일지도 모른다. 좌불에 몰두하면 부처는 본래 정해진 모양이 없는 것이며, 좌선에 몰두하면 선이란 본래 앉아서만 하는 것이 아니다. 그렇다면 좌불도 아니고, 좌선도 아니고 대체 도道란 무엇인가? 끊임없이 용맹 정진해야 하는 것이다. 도를 깨우쳤을 때에는 이미 도가 아니다. 그것은 그냥 도만 닦는다고 대오각성大悟覺醒하는 것이 아니다. 심지법안心地法眼으로 무상삼매無相三昧의 경지에 이르러야 한다.

언제까지 살겠습니까
아직 멀었다
언제부터 풀리겠습니까
아직 때가 아니다
언제 인연이 나타나겠습니까
기다려 봐라
…
해가 떠 봐야 뜨는 줄 안다
어제는 오늘을 모르고

오늘은 내일을 모른다
　　―〈선문답〉 부분

'선禪문답' 이란 처음부터 동문서답 같이 정답이 없다. 우리의
운명이란 알 수 없다. 더구나 행불행을 알 수 없다. 우리는 '언
제? 라는 불안 속에서 하루를 시작하고 하루를 끝낸다. '우리의
목숨 줄은 언제까지인가? 고통은 언제 풀리겠는가? 좋은 인연이
란 대관절 언제 나타날 것인가? 특히 현대인들은 시간의 압박감
속에서 하루종일 언제, 어떻게에 쫓기고 있다. 이것을 장자통은
간단하게 해학으로 다음과 같이 보여준다.

이년年이 가야
저년年이 옵니다

가는 년年이 죽어야
오는 년年이 삽니다

섣달이 침몰해야
새해를 건집니다

섣달 그믐밤에 파묻을
쳐 죽일 년年
　　―〈년年〉 전문

한 해를 마감하면서 지난 한 해는 '쳐 죽일 년年' 의 반어로 간
단하게 마감했다. '가는 년年이 있어야, 오는 년年이' 있는 것이
다. 이 세상에 가는 년만 있지 않고 또 오는 년만 있지 않다. 가
고 오는 것이다. 행복만 오는 것이 아니라 불행도 온다. 행불행
은 반복되는 것이다. 세상은 음양이 아닌 것이 없다. 남자가 있

으니까, 여자가 있다. 술잔을 비워야 다시 술이 들어갈 수 있다. 마음을 비워야 그 다음 다른 것이 채워진다. 마음을 비우지 않고 뭘 채워지기를 바라는 것인가?

월드컵 4강전에도 지는 놈이 있어야 이기는 놈도 있다. 모든 경기에는 반드시 승자가 있으면 패자가 있다. 패자 없는 승자는 없다. 또한 승자 없는 패자는 없다. 그래서 기쁘다고 그렇게 날 뛸 필요가 없으며, 슬프다고 그렇게 통곡할 필요가 없는 것이다. 음양의 조화를 인식하고 조용히 기다려야 한다. 분명히 세상에 는 음양이 있고 조화가 있어서 질서가 유지되는 것이다.

3. 불교적 심층과 내공

그는 진정한 사랑을 위해서 매미같이 희생하고 싶다고 했다. '단 하루를 살더라도/널 위해 생을 바치리//찬란한 슬픔을/황홀한 웃음으로/널 위해 웃고 싶다(매미의 하루) 여기에서의 '사랑'은 온전히 우주적 사랑을 말한다. 우주적 시공과 사랑을 말하면서 가장 가까운 체온의 가족들에게도 사랑과 용서를 구하고 있다.

제 살을 찢어
바다에 뿌려 낳은
섬

별지기 초승달 엄마
섬과 섬을 잇는
다리
　　－〈초승달 가족사〉 부분

또는

　지금 나는 울고 있나니
　나의 개똥 참회를 받아주오
　올챙이 시절로 돌아가고 싶소
　아내여 세상의 횃불이여
　―〈아내에게 2〉 부분

　내가 환생하면 개 아니 지우개로 태어나고 싶다는 반어적 해학으로 압축하고 있다. 그러면서 '첫 수업시간 종'을 스스로 가슴에 치면서 '태양의 눈동자를 퍼 올린다' 끊임없이 좌선 자세로 수도를 하는 것이다.

　내 죽으면 개로 태어나리라
　…
　연필 똥만 먹고 사는
　개로 태어나리라
　…
　백지의 꽃을 지키는 충견
　개로 태어나리라
　이름 없는 개
　지우개
　―〈환생〉 부분

　첫 수업시간 종이 울린다
　바다에서 올라온 산은
　다시 바다로 가고
　밤새 퍼 올린 바다는
　하늘로 올라가
　책을 펴고
　공부를 한다

…
푸르게 빛나는 교정에
교복 입은 소녀들이 뜀박질한다
…
태양의 눈동자로 퍼 올린 바다
　―〈태양의 수업시간〉 부분

　그러면서 장 시인은 늘 누군가 뒤에 서 있는 그림자에 쫓겨 살
았다. 그림자는 누구일까? 초혼을 부르며, 또는 49재를 지내주며
죽은 혼령들을 위로해 주기도 한다. 그 혼령은 어느 순간 자기자
신으로도 나타난다. 살아 있다는 것은 죽어 있다는 것이며, 죽었
다는 것은 다시 살아날 수 있는 윤회의 끝없는 끈이다. 시작이
끝이며, 끝은 또 하나의 시작점인 것이다. 버스 종점이 또한 출
발점이 아닌가.

　촛불만 켜면
　등 뒤에
　누군가 서 있어
　돌아보면 없고
　다시 돌아보면
　그 뒤에
　빈잔 들고 서 있는
　누구의 그림자인지
　물으니
　송장 썩는 냄새뿐
　촛불만 켜면
　그 뒤에 그 뒤에 뒤에
　누구실까 빈잔 주인
　　―〈등 뒤에 그 뒤에〉 전문

장자통은 스스로에게 꾸짖는다. '머리만 묶은들 무엇하리/풀옷만 입은들 무엇하리/마음의 집착을 버리지 않으면/겉으로만 버려서 무엇하리' 용맹 정진하는 것이다. 살아서나 죽어서나, 앉아서나 일어서서나 한결같이 수행하는 것이다.

끝으로 장자통 시인의 장점은 불교 철학을 바탕으로 한 우주적 고뇌와 갈등이다. 즉 불교적 심층과 깊은 내공이다. 이마를 싹 그어대는 그의 면도날 같은 시어詩語와 심층적 주제는 그의 팔뚝에 시퍼런 힘줄로 올라온다. 그 힘줄은 때로 우리들의 명치 끝을 압박하는 것 같다. 이러한 세상 보기와 사물의 시각화는 한용운, 서정주, 김달진, 이형기로 이어지는 승속과 세속의 사이의 불교 철학적 존재론이며 '율려' 의 혼불이기도 하다.

장자통은 환속 시인으로서 자기만의 특유한 우주와 내공을 가지고 있다. '장자통만이 보여줄 수 있는 냄새와 색깔' 이 있다. 즉 '나는 누구인가' 로 직결되는 것이다. 또는 '이 뭣고?' 하는 화두이다. 불교적, 우주적, 윤회적 해탈을 위해서 그는 오늘 새벽에도 일어나 앉아 세상과 통정하고 있다. 문학을 꿈꾸는 자라면 문학에 목숨을 걸지 않으면 안 된다. 한국문학에 쇠말뚝을 힘차게 박을 또 하나의 진정한 시인을 만나 기쁘다.